红屋顶下的小怪兽

The Little Monster under the Red Roof

水运毂夫——著

人民东方出版传媒
People's Oriental Publishing & Media
東方出版社
The Oriental Press

图书在版编目（CIP）数据

红屋顶下的小怪兽 / 水运毅夫著 .—北京：东方出版社，2023.7
ISBN 978-7-5207-1970-4

Ⅰ . ①红… Ⅱ . ①水… Ⅲ . ①诗集—中国—当代Ⅳ . ① I227

中国国家版本馆 CIP 数据核字（2023）第 040735 号

红屋顶下的小怪兽
（HONGWUDING XIA DE XIAOGUAISHOU）
作　　者：水运毅夫

特邀顾问：杨会来
特邀设计：王　巍
责任编辑：张晓雪　韩封三祝
出　　版：东方出版社
发　　行：人民东方出版传媒有限公司
地　　址：北京市东城区朝阳门内大街 166 号
邮　　编：100010
印　　刷：三河市九洲财鑫印刷有限公司
版　　次：2023 年 7 月第 1 版
印　　次：2023 年 7 月第 1 次印刷
开　　本：889 毫米 ×1194 毫米　1/32
印　　张：5
字　　数：96 千字
书　　号：ISBN 978-7-5207-1970-4
定　　价：78.00 元
发行电话：（010）85924640

在每个人心里

都有一只小怪兽

你爱他

他就来陪你

你不爱他

他便消失了踪影

艺术的辉煌与艺术家的痛苦

袁伯诚

引子

儿子，你若是在过去，会成为一位诗人。如果有一天你要出版诗集，我会给你写一篇序文。人的一生都应寻找诗意地栖居，也许你会从自己的诗句中找到。但是你要记住，我们的诗性根源于何处。忘记了这一点，我们的灵魂将无法安宁。然而，作为一个诗人和艺术家会直面与承载人生中无数不可名状的痛苦，也许会痛彻心扉，甚至随时会将一个人毁灭。但不要惧怕与屈服，须懂得在痛苦中褪尽浮华空幻的皮囊，在炼狱中实现灵魂的涅槃，还给光明的世界一个天真纯净的自己。

人生苦短，我们要成为什么样的人，是一个值得思考与探寻的问题。要成为诗人，求索存在的意义，那么他的诗往往会体现出生命本身的动态过程中凝住的艺术的辉煌与艺术家的痛苦。我不由得想起司马迁在《史记·伯夷列传》中发出的呼喊："天道无亲，常与善人。是邪？非邪？"还有日本作家厨川白村说的"文艺是苦闷的象征"那句话。当一个诗人不得意于人情世故而倍加苦闷，故香草美人、虬龙鸾凤、山川风云离合因缘以发其诗，若以一杯一局觑之，至渺小矣！若试取《琴心》一弹再鼓，则其诗中无尽藏不可思议，艺术的辉煌固可令人刮目相看。然而，诗人所走的人生道路从表面上看似平淡无奇而内在深处却充满着抑郁不伸的坎坷与艰难。

艺术（诗）是艺术家生命存在的基本方式，是他们对社会人生的一种反映和超越。盖人生有欲望，为求得满足就有痛苦。"人之生也，与忧俱生"。人一生下来便"与物相刃相靡，其行尽如驰而其之能止，终身役役而不见其成功，苶然疲役而不知其所归"。求富贵者"苦身疾作"而劳神伤命；寿命长者惛惛“久忧不死”而痛苦不堪；发了大财欲享乐者“大忧以惧”而欲望难足又恐半夜劫贼破门；握权处势者从兵刃相逼到玩弄阴谋而“决性命之情而饕富贵”成为贪官污吏；忠臣烈士为天下所誉而“未足以活身”。总之，人一生下来，就与苦难相伴，亡国之事，斧钺之诛，冻馁之患，死亡之惧，饥饿之苦，病痛之灾，皆现实人生之累。在小农经济、计划体制社会里，还觉不出太大的压力。在商品社会里，则使人深感人生的渺茫和命运的飘忽，而自己无法把握人生和驾驭命运。一般常人或许只有两种人生痛苦：即物质生活上与文化精神上的痛苦。而作为诗人，又多了一种艺术上的痛苦。这种艺术追求上的痛苦是诗人基于自我发展和自我实现的需要，追求生命的完美而产生的痛苦。

诗人在艺术追求上的痛苦要远比其在物质生活上、生理病痛上的痛苦深刻而恒久。诗国是诗人安身立命之所，是诗人的终极栖息地。诗人往往在艺术追求上深感“梦醒了却无路可走”的寂寞与悲哀。我的一位逝去的故交、诗人陈少松教授曾常常与我谈论诗歌创作，总挂在口头上的一句话：写诗很痛苦，有时为一句诗，甚至一个词，焦思苦虑，吃不下饭，睡不着觉。诗写出来了，自己欣喜若狂，又因不被社会承认而痛苦。有如散文诗是中国新诗坛上新生事物，它是对既定艺术规范与传统美学原则的一种挑战，对公众审美趣味与欣赏习惯的一种逆反，而遭受到冷落。少松教授作为诗人，他所想所思必有常人所不能尽得者，而诗人的理想是高远的，但又不为一般常人所理解，所以他总有一种极深的寂寞感。这种不被理解的寂寞形成内心的郁积与压抑，在他的深层心理中生化出某种“情结”，孕育了一种舒展个体生命存在，呈现生命、自我体验从而摆脱焦虑的强烈冲动。而这种人情之难言，因“忧思感愤之郁积”达到了非一般语言所能表达的程度，所以只有诉诸诗歌创作。

诗人在创作中经历的痛苦，与其说是受客观方面的压抑、不被社会承认，还不如说是对生命的存在与超越如何可能的追问与独特关注。诗人并不止于对造成自己痛苦的既在的批判，不满于自己目前之所是，而且希望有一种理想的人生。正如瓦格纳说的，如果我们能尽情地活着，也就不需要艺术了，艺术开始于生活终止之处。艺术（诗）对诗人的人生有超越意义，艺术(诗)对诗人具有获得解放的性质，这是艺术家(诗人)的生命之绝对必需。左拉说：“诗是伟大的；只有在诗里才有解脱。”在创作中诗人创造了一个属于他自己的世界，这是一个真正适于人栖居之家。在这里，他的全部本质力量得到了确证和肯定。正因如此，诗人能够忍受非常人之所想的巨大痛苦。一方面是由于对美好的理想、美好人生的执着追求，另一方面在诗歌创作中亦获得审美的自由心境，化痛苦为愉悦。因而又可以说，诗人在创作中全面地实现了自己，自由地实现了自己，其不满足于自己活几十年的有限生命存在，而企图寻找和创造一个无限本质的生命的存在。

我一直在思考痛苦对于造就一个杰出的诗人、艺术家究竟具有什么意义？我想艺术上的痛苦不就是艺术家心灵自我搏斗而产生的么？当我们吟诵着千百年来流传的经典诗篇，每一首扣动心弦的诗作中无不透露出耐人寻味的人生哲学（“道”），实际上是要叫人站在所谓“道”的高度，用审美的眼光来看待整个世界，看待社会人生。纵观中外古今艺术文学史，那些富有革新精神和艺术个性的杰出艺术家与诗人当初大都是很孤独的，受到压抑、打击和冷落是常有的事。例如库尔贝、马奈、莫奈、屈原、曹植、李白、杜甫、陆游、辛弃疾、关汉卿、徐渭、郑板桥等。杜甫的诗在当世不被看重，到中唐韩愈才看到它的不朽价值。乔治·比才创造了风靡20世纪的最著名歌剧《卡门》，然而当时并不受欢迎。约翰·密尔顿花了整整十年写成的《失乐园》，出版时仅得了五英镑稿酬。艺术家生前的痛苦、孤独、寂寞，死后却留下了辉煌的诗篇。每读司马迁的《报任安书》未尝不掩卷垂泪，他说自己遭李陵之祸后，“所以隐忍苟活，幽于粪土之中而不辞者，恨私心有所不尽，鄙陋没世，而文采不表于后世也。”他发愤写成《史记》而不朽。他说屈原作《离骚》“虽与日月争光可也”，也因而不朽。韩愈为柳宗元作《墓志铭》说：“然子厚斥不久，穷不极，虽有出于人，其文学辞章，必不能自力以致必传于后，如今，无疑也。”

诗人的创作道路可仿于前人，“他们不仅在活着的时候遇到很多阻力，而往往在他们的成就得到公认的时候，他们已不在人间。”(梵高给他弟弟提奥的信中语)或者说诗人在创作时总会想到死而追求死的不朽，渴望为后世留下永恒的诗篇，当人们每每若歌若哭地朗诵、讽咏其诗篇时，“我的心狂喜地跳跃，/为了它，一切又重新苏醒，/有了神往，有了灵感，/有了生命，有了眼泪，也有了爱情。”（普希金《致凯恩》）鲁国的叔孙豹就已提出立德、立功、立言的三不朽之说。立德，几千年内中国人只记得周公与孔子；立功，有人说“粪土当年万户侯”，“千秋功罪谁人曾与评说”；立言不朽，最易明白。西伯演《周易》，仲尼作《春秋》，屈原赋《离骚》，左丘有《国语》，孙子修《兵法》，不韦传《吕览》，韩非著《孤愤》——这一大群历史人物都是在困厄痛苦中以立言而不朽。司马迁说

“大抵圣贤发愤之所为作也”。诗人正是他们的同道，也在痛苦中著书立说，垂空文以自现。不朽是因为他们对人类精神文明作出伟大或杰出贡献而赢得人类永恒的怀念，永恒的怀念就是最大的快乐。诗歌的辉煌和诗人的痛苦是互为条件的。在痛苦中吟诗几乎成了我国文艺的一个重要传统。《诗经》中的诗人呼喊出：“知我者，谓我心忧；不知我者，谓我何求。悠悠苍天，此何人哉？”中国第一位伟大的爱国诗人“屈原放逐，乃赋《离骚》”！李白说“哀怨起骚人”！杜甫说“文章憎命达”！韩愈说“穷苦之言易好”！欧阳修说诗歌“穷者而后工”。曹雪芹在西山茅草屋写《红楼梦》时，“举家食粥酒常赊”呀！很难想象，一个养尊处优、钻营虚名的“诗人”能写出怎样的诗篇来，又遑论流传后世。每个时代都不乏杰出甚至伟大的诗人与诗作。从某种层面上来讲，这种杰出与伟大往往取决于诗人自身。要么在痛苦中灰飞烟灭，要么在痛苦中涅槃升华。艺术的辉煌虽然是以艺术家的痛苦为代价的，但是艺术的辉煌又使艺术家的痛苦转化成终极的快乐。

愿每一个诗人都能在跳跃的诗律中找到属于自己的终极快乐。我也把下面四句话赠予未来，赠予从痛苦走向辉煌的诗人们：

天恐文人未尽才，常教零落在蒿莱。

不为千载离骚计，屈子何由泽畔来。

2000 年 6 月 17 日写于青岛京山东麓蛮触氏之斋

2004 年 8 月 14 日修改稿

目录

内篇

外篇

杂篇

内篇

无题

时光流似箭

天道曲如穹

我自弦上过

星辰何其多

凝

天空是明镜的心

白云不知所终

往山谷外

遊荡

听

飞鸟已经来过

红屋顶上的小怪兽（袁锦溪画。油画棒，纸本）

发呆

烟囱

安静地伸向蓝天

从未索求

一束光

一阵风

一丝雨

一抹霞

因为

红房子里有个孩子

只想

从烟囱中看世界

看白帆

看飞鸟

看云帽

看星河

只是

呆呆地看

不冒一缕烟

哪怕一缕烟
惊扰了天上人

情，笺

曾写下
千言万语

一页页
如今都不见

偶尔想见

人往黄昏后
月落柳梢头

晾衣绳

蜻蜓飞掠
槐树梢

金色纽扣
闪闪笑

咦
绣花的手帕
不见了

不见了
昨夜星辰昨夜风

红屋顶上
白云飘

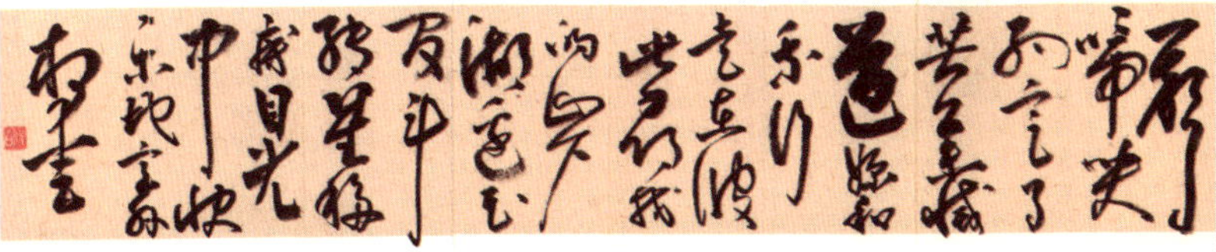

生死之外（静舟手稿。宣纸折页）

放下

秋叶

挣脱了

孱弱的寒枝

悄然旋落

在他与她的肩头之间

有一段距离

容不下牵连的双手

缠绵着欲说还休的告别

告别

已经枯萎的爱情

却感受不到半点伤悲

伤悲

不曾流下一滴眼泪

留赠晚来初雪的天空

秋叶

在天空与大地之间

悄然旋落

有一段光阴

往根的呼吸里沉睡化泥

再无踪影

也许

会见踪影

在春风与柔枝之间

有一片鹅黄底叶子

叶子不是叶子

是思念

生死之外

一声啼哭
约定了苦集灭道

你和我
行走在彼此寻找的
山下
湖边
花间
斗转星移底目光中
快乐地
意外相爱

找到你

风

吹过的世界

日，月，星辰都在坠落

蜗牛

渴死于攀缘的枯藤上

枯藤

一头伸去天

一头钻入地

在天与地之间

扭曲着希望

无穷无尽

念

风

把水滴吹作片片云朵

因为想念

风

把麦芒吹作层层波浪

因为想念

风

把青春吹作两鬓华发

因为想念

因为想念

风

把眼泪吹作丝丝红线

你在这头

我在那头

画眉

冰霜打湿了
你的衣衫

额前剥落
一片片容颜

傍晚
我从山下走过

用湖笔
轻蘸彩墨
撷芳草
慢和朱砂

忆故人
点绛唇
借夜一束月色

清晨

我从山下走过

别了
匆匆的
遇见

你是低眉的菩萨
我是行脚的头陀

诉说

玲珑轻梦
逃出
八音盒

碎落
月下

凝结成霜

咏，夜

我渴望亲近
遥远而璀璨的星河

可我买不起
一架天文望远镜

我只能透过夜色
凝视你的眼睛

为碌碌无为寻找
最后一线光芒

秋凉

流了整整一夏的眼泪

他

早已不见了踪影

纤云不染的天空下

火红的浆果落了

枯黄的叶子落了

微亮的星星落了

去哪儿了

熟悉的世界

又一次约好了

不辞而别

却有赠沧桑的喉咙

一杯陈酒

将爱浅浅斟酌

永恒

既然走不出

轮回中

又见

繁华与寞落

也许爱了

一瞬

可我不要

一瞬

只做

不开花底种子

再见，春山

花季过了

便是雨季

莫念

你我不曾彼此相欠

是我们亏欠了匆匆时光

还有二月的小河

静静流淌

当风吹过

你抬头眺望春山

莫念

我已远行

更在春山外

望，之冬

红屋顶外

北风停住脚步

望着

秋雨拍打

听海的

窗户

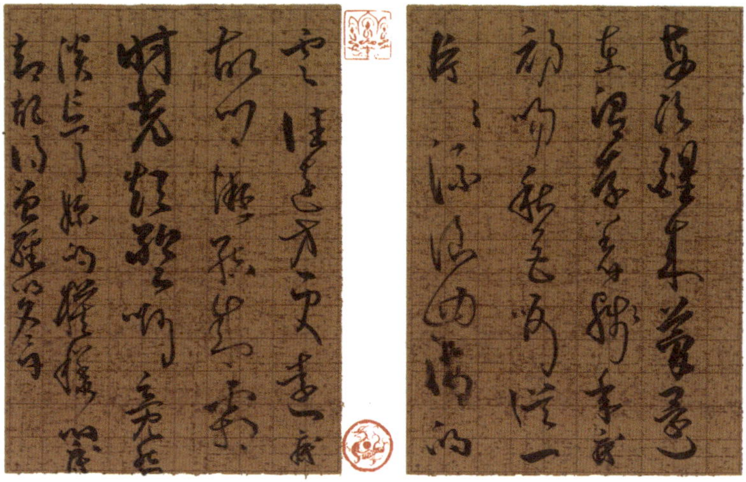

我，也爱过（静舟手稿。蜡染信笺）

不值一文

不知何时开始
一切变得
很贵

人们不停地谈论
空气与水

鲜花
被起上各种奇怪的名字
叫卖

只有一样东西
没变

生
不带来
死
不带走
在你心底

爱，发呆

可怜底小怪兽

为什么

时常坐在红屋顶上

发呆

数不清

多余的冬日

梦不醒

多余的黑夜

望不穿

多余的阴雨天

心里依旧装着她

也许

只怕多情却被无情恼

可爱的小怪兽

委屈的小怪兽

再发会儿呆

燕子归时

我会爱你的

也只会爱上你

因为

别人已经有人去爱

夜，归

莫要

错怪冬日与春日

也

请原谅

有一天

红屋顶旁

埋葬猫的月下

听

我在唱歌

我，也爱过

每次醒来

梦还在温存着

残年底初吻

秋色啊

从

一片片

流浪四海的云

往

远方更远的故乡

凝结成霜

时光

短暂啊

竟然淡忘了

你的模样

心底

却记得

曾经的冬日

我也爱过

咏，叹

我向山北行

流下一滴泪

你往山南去

头顶一片云

山北与山南

从此不相见

春水绿遥迢

金风暮朝朝

相见

若有期

北山翻云雨

南山落雪时

夜归人（静舟画。马克笔，仿宣）

不写诗

你想了解我
总是不停地追问

我是谁

我不是诗人
只是爱情占卜者

别，之秋

是时候
与夏日作个告别了
不必再犹豫
既然秋天已来
请和我一起
去原野中

自由奔跑
往云深处做一次恋人

把麦浪藏于福田
把万水还付千山
把四季都忘却

直到有一天
哪儿也不去了
在篱下播一粒种
埋葬爱情

天

若有情

初雪满窗

心，田

今夜

月亮是圆的

像一粒饱满的种子

在你所到之处

生根发芽

问，秋凉

过了许多年啊
今又想起你

北京
已落三场秋雨
再过七次
便到霜降

珍重啊
故人
愿无牵念
昼短夜长

小别离

沉默是金

换不来

曾经底蓦然回首

爱啊

就这样走远了

你

往百花丛中

抱风眠

我去云山外

于无声处听惊雷

我喜欢

我喜欢

听着窗外的虫鸣声

静静入睡

不做一帘幽梦

被隔在红尘之外

我喜欢

繁花似锦的前程

有你作伴

孤灯泛舟的江湖

有你思念

我喜欢

你喜欢的

彼此牵住手的执着

相看两不厌的寂寞

我喜欢

你在海雾弥漫的清晨

轻轻唤醒我

了却一段旧年残梦

还喜欢

你闭上眼

作一时的忘忧

等我

亲吻你

还喜欢

远远地望着你

只是望着你

心无挂碍

只是喜欢

圣弥爱尔天主教堂（静舟画。马克笔，仿宣）

你是，我是

你是

天上一颗星

我是

星落一片尘

尘中夜色空寂寂

星外何处听玲珑

当你，忘记我

大湖

远方的

守着一片

没有名字的白桦林

无声无息

梦想家

去吧
到天地之间
在春花秋月中
慢慢长大

去寻找属于自己的
时光与爱恋

做一个梦想家

用自己的名字
命名
一块石头
一捧小溪
一束野花
一切简单而快乐的东西

如果
有时候

会付出孤独的代价
就以孤独的名义
守望一颗明星

照亮追梦人

女儿，说

我喜欢
与宇宙有关的东西

我想看看
星空有多么美

约会

云坠下来了

光与影
不知所措

刚刚才分开

只不过是
一杯咖啡的空闲

还未来得及
放一块冰

转身
心里又想起你

不愿醒

白天背叛了黑夜
追去琴声
流浪远方

黑夜后悔不已
把头埋入繁星下
深沉底
睡在松林将息的梦里

好长的梦啊
但愿不醒

若是醒了
又见黎明
除了爱
再无背叛

融化的，脚印

咦

小怪兽去哪儿了

怎么还不回来

红蜡烛跳出红屋顶

急慌慌去寻找

留给昏暗底雪地

一串串融化的脚印

不知踪影

只照亮了

等待中

黑色的眼睛

熟悉的，街道

我独自一人
走出红屋顶

走过京山路
走过红岛路
走过大学路
走过龙山路

就一个人走着
一直走进博山路

抬头望见
一片红屋顶

雪花轻轻飘落
落在头发上
落在衣袖上
落在脚印上

不知为什么

心中念着你

眺

天空

收留无根的云

海际

收留无绳的帆

红屋顶

收留沉默的烟囱

你忧郁的眼神

收留了什么

我转身远去的背影

碎落一地的星河

我是柳永

我宁愿

灯红酒绿中

花下眠

与你

勾栏瓦肆间遊耍

舟前对酌

青楼上邀月

解衣宽带

把一夜夜都当作

春宵别离

也不愿

你以爱的名义

投怀送抱

说懂我

我不相信

高尚的赞歌

我只相信

如果有人真的爱我
不在今生
不在来世
不在卿卿我我的梦里

如果爱我
只在千年之后
你偶尔读到
见字如面
流下一滴眼泪

亲爱的
好久不见

月半，风

离得不远

也不是很近

就在月亮与太阳之间

在夏夜窗前

在修旧如新底通州运河边

在地球上

我想你了

忽然闻到一缕花香

耳语（静舟画。马克笔，仿宣）

烟花，吟

有多少
像我这样其貌不扬底人
甘心作颗
冥顽不灵的石头

纵使
被冰洁的溪流轻拂
千年万载
也无动于衷

只到某一天
落入干涸的轮回中
粉身碎骨

用一瞬
报答爱

才发现好后悔
却已辜负了

她与他
眼中
最后一缕烟花

独坐

我在红屋顶下
点燃
一支蜡烛

多么微弱

只能照见
无尽长夜的黑

勿忘，一片叶子

刮风时
我会紧紧抱着你

下雨时
我便为你撑起一把小伞

你开心时
我也向云端笑

你伤心时
我陪你入睡
替你盖上一层初雪

我真想牵住你的手
走过四季
说声
爱你
可是我知道
总有一天

你将离我远去

我爱你向上底力量与勇气
如果那一天到来
请代问月亮
我执着灵魂的模样
月光下是否闪亮

请你再看我最后一眼
就让我慢慢飘落
在泥土里独自待一会儿
也许要很久
忘记你

忘记你
曾经为我
偷偷流下眼泪

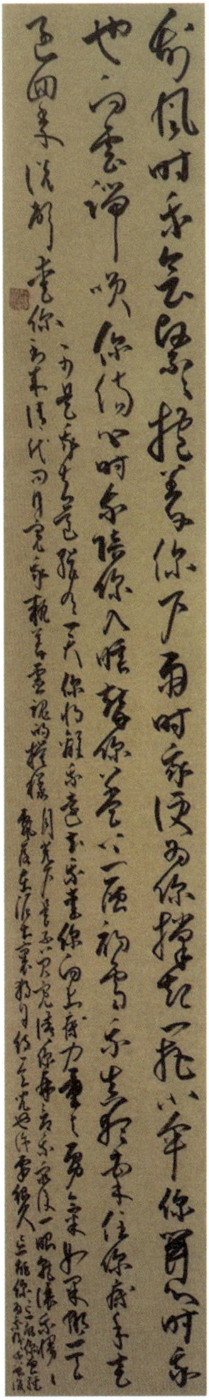

勿忘一片叶子（静舟手稿。楮皮宣纸）

你不来时

当白云变作
欢腾的小狗
追去
天际流浪的海鸥

我推开
牵牛花垂怜的旧窗
望见
红色的尾翼
一点点
一点点地
从一片叶子
飘落在
另一片叶子上
不再闪烁

猫
绕过红屋顶上的烟囱
溜去

迟暮的渔市

守着人群散尽

又是一天

我也守着

一扇打开的窗户

又是一夜

你不来时

月亮总会来

哦，原来

这世界

好大

大到

色声香味触法

都不曾交集的心中

我才发现

只是

爱上了你

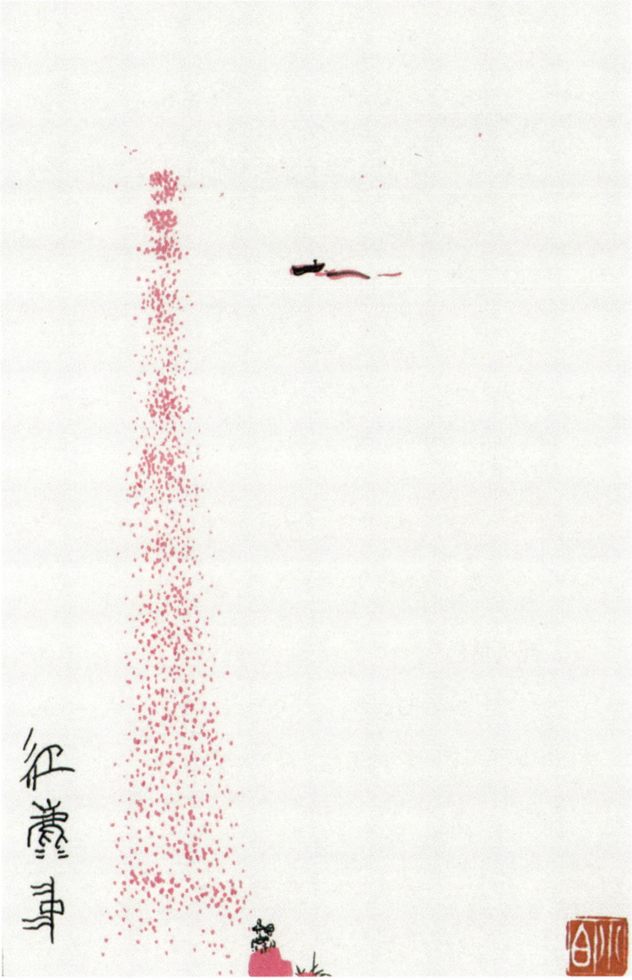

黄昏，黄海（静舟画。马克笔，仿宣）

未见

红屋顶下

一粒光

溜进冰红茶里

打了个盹

爬山虎匍匐在窗沿上

偷听旧吊扇劝解着

烦闷

街巷墨绿的空寂

低头拾起

一片片掉队的云影

咦

阁楼里的猫

去了哪里

说好的

午后见上一面

却又未见

路灯渐渐亮起
绿蜻蜓飞落窗前

遥远的，你

河边的两块石头
紧挨在一起

窗前的两片雪花
紧挨在一起

夜空中的弯月与一池春水
紧挨在一起

可是
亲爱的
你和我呢

今生若会遇见你

看

我脚踩淤泥

头顶长出一枝莲花

月色中

我有独自欢喜底梦

我是乌合之众

见到你

会笑

干净的

笑

傍晚，青岛（静舟画。马克笔，仿宣）

有你名字的日记

也许

这一次

是你错了

看

红屋顶上底夜空

还是蓝色的

即便生了你的气

我望向小鱼山的眼神

依旧是温柔与忧郁的

虽然

你已偷偷翻开了

我的日记

两三页

我只能望着你

却无法说出

写在纸上

那

两个字

爱你

病中吟

天上的繁星

离得太遥远了

甚至感受不到

一丝光芒的温度

我病了

落在烂泥里

只想长睡不醒

我，住得很远

你说你底世界
很繁华
如果有一天
我从中走过
你会为我作一日向导
开车去
人头攒动的商场
给我买一身靓丽的衣服
坐云梯
到城市最高的摩天大楼顶层
喝一杯红酒
欣赏玻璃幕墙外的日落

可是
你我的世界
离得太远
我住在太阳与月亮之间的
红屋子里
哪儿也不去

只是

发发呆

他，相信

影子

追着太阳奔跑

他只相信

一种爱情

与无足鸟

有关

远方的

粉身碎骨底承诺

风，是甜的

我见过春天

在冰澈底小溪间

濯足而歌

用舌尖品尝出风

甜的

带着一丝丝芳草的清香

河畔旁

繁星下

你的世界里的

我见过的

从未变过的

虽然不曾与你相遇

虽然

我已走进自己底世界

从未变过的

空旷的

孤独的

不曾流下一滴眼泪

有温度的

因为

爱上了你的世界

不知不觉中

把心遗落在了那里

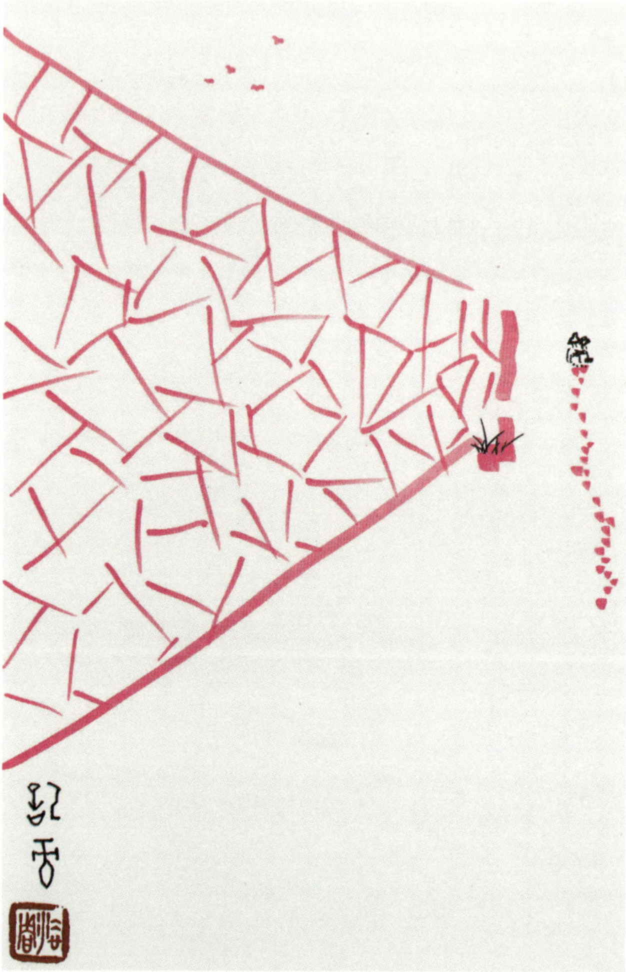

石墙前（静舟画。马克笔，仿宣）

简单表达

上天
把最纯洁的颜色
给了蓝空
把最深沉的颜色
给了幽夜
然后把剩余的颜色
给了鲜花

给了我什么呢

只能在红屋顶下
把远方的你
慢慢思念

因为，喜欢你

答应过你的
每一季都牵着手
去黄海边
走一走
送你一个惊喜

夏日里
看晚霞点亮半湾渔火
浅浅浮来
炊烟底味道

冬雪中
去喂流浪的海鸥
大声地歌唱
收留冰冻的石头
堆在红屋顶里的火炉旁

春天
在礁石下刻上一句愿望

等到秋风起时

慢慢采集肥美的牡蛎

除了答应你的

每一次月圆之夜

给你写一封信

说说小怪兽冒险的故事

下次见面时

答应告诉你

小怪兽为什么不见你

哦

其实想见你

因为

喜欢你

数星星

仲夏之夜
我喜欢坐在红屋顶上

数着万家灯火
渐次熄灭
天上的星星一颗颗亮起来

猫与我
一同守着
老街

听
小怪兽
悄悄
从你底窗前走过

别了，美人

我底世界里

有风

从芳草间吹过

远远的

听见美人笑

我一直在红屋顶下

等着

只是

懂我的人已经走了

勇气

夏的黄昏

猫从红屋顶上

踱过

爬山虎微微抚动

临街小窗

咦

是谁刚才来过

留下一封信

信里

没有写下名字

只是问起

可曾记得那场初雪

我不在乎

如果非要追问

我只能承认

对你所说的甜言蜜语

都是谎话

与你在一起的日子里

我什么也不在意

除了

一颗真心

目

我看着
人们匆匆
而苟且于生存
却又面带微笑
我知道
噙满泪花的爱
叫作

希望

问

天边
人未到过
心已去过了

锁（静舟画。马克笔，仿宣）

其实，你依然爱我

夏日

你走过红屋顶

留下一封信

秋天

我从风中归来

不忍拆开

怕

又一次

见字如面的未见

我一直替你守着一片海

其实

很久以前

我在远方播下一粒种

种子长成一片树

为了

让疲倦的飞鸟歇歇脚

飞去

你流浪的方向

其实

你我都知道

只有比远方更远的远方

爱情不曾死去

星海

我有一席夏梦

梦里吹送风帆

不知多远

星海何其灿烂

小怪兽的思念（袁锦溪画。油画棒，纸本）

绿太阳

夏天底太阳要变成
绿色的
女儿说

把她挂在高高的天上
给人们洒下清凉

我笑着说
就这样定了

再过几日
让开满鲜花的大地
监督她

如果我们感到清凉
就请白云
亲吻她

走过，沉默地走过

光

厌倦了追逐的游戏

望一眼

影

影

沉默不语

低头走进黄昏

花

依旧作着梦

太阳落下

月儿升起的梦

那一夜

风是甜的

你从我的世界路过

在青青河畔

放飞一盏文灯

当我醒来

匆匆的

不见你的踪影

只遗落

一声温柔的叹息

耳语

每一句耳语

浮去

每一寸夕阳

是谁

与她牵手

走过青岛的街巷

在花岗岩石墙上

刻下思念

夏日的心

每到夏日
小魔女便骑着
母亲留下来的扫帚
飞出红屋顶
从清晨忙到黄昏

她要检查每一棵
通往海边的梧桐树
像父亲手掌阔大的叶子
投在花岗岩路上的影子
是绿色的

一直数去湛蓝海岸
于午后撒下
万顷沙滩的贝壳
让牵手的情人拾起

就呆呆底
看着太阳西沉

吹一吹

最后一线浪花

变成金色的

在她的心中

有一只小怪兽

黑色的

回家路上

却总也找不到

飞雪

京南

飞雪

迷人眼

三月杨絮

令我忧

故人

走在寂寞的雨巷

天空与石墙

悄悄

耳语着

一位少年与一位姑娘的

哀愁

哀愁与我

一同走进雾色里

哦

久别了

初恋

转身已成故人

雨，课

天的墨色
轻漾在砚池的微醉中
云儿无形
月儿无影
我坐在窗前
手握空杯

下雨了

雨中的北京
北京的郊外
我
想你

模特，不哭

谁

想要

在人间

品尝一次

爱情的滋味

与那个人牵手

走过台东的黄昏

潮湿迷人的耳语中

模特站立在橱窗里

又一次黯然神伤

无声的叹息啊

散落了一地

无人经意

只有我

想起

你

今夜

你哭了

对海对明月

对无尽的长眠

说好的青春无悔

却蹉跎一生来遗忘

爱得，像个孩子

别太在意

我是一个风一样的孩子

我很乖很静

下雨时很伤心

因为想起你

牵手

很久以前
我们之间有个约定
只在浪花亲吻海岸的黄昏牵手

从汇泉湾走去大麦岛
你听我说
说不尽的话

偶尔唱支歌
往海里丢块石头

这是我们的爱情
就让大海养大

许多年后
你知道吗
世界变小了
原来
有个叫青岛的地方
石头长大了

月亮，碎了（袁锦溪画。粉笔，黑板）

原来

相爱会有许多种可能

牵手

亲吻

梦见你

一起走过德县路

坐在京山炮台上吹吹风

骑单车从梁实秋故居拐个弯儿去看海

下雪时在广饶路的小院儿中放烟花

独自埋葬死去的猫

每天在日记里写一句话

收集霞光雕刻的扇贝

看倦鸟飞落小鱼山

某一天醒来

翻书

喝茶

发呆

才明白

相爱会有许多种可能

却只有一种可能
与你相爱

风从南山来

春风啊
从南山来
吹化了冰冻的小溪
焐暖了天真的石头

我在故乡
等着你
一同捧起
遗落水中的倒影

告诉她

祇梦园中有棵树
一棵孤独的树
白天用手轻抚过路的云
把情话藏进云心里

去吧
去了
遇见她

为她化雨成泪
洗尽风尘与铅华
亲吻她
用妩媚的彩虹裹紧她

等傍晚来临
告诉她
祇梦园中有棵树
每夜守望着同一片星空
因为恋着她

青岛之夜（袁锦溪画。油画棒，纸本）

误年

再无力气去叹息
风以春的名义
向冰冻的小溪说了声
对不起

其实
我很在意你
只是漫长的冬日里
爱得太深沉

小溪悄悄流下眼泪
问
你要去哪里

山谷空响
风去了哪里

看山像他
看云像他

看黄海上的白帆也像他

明媚春光里

再也不见他

无色

红与蓝

相遇在黄昏中

醉了

一池涟漪

窗前

夜色一粒冰

误看天上一颗星

问问月亮

月亮是银色的
有时
是黄色的

而在那几天
月亮是蓝色的

当你对着我
微微笑了
月亮是弯弯的

秋夜里
我在红屋顶下
想念你
月亮是圆圆的

如果
梦醒了
请你告诉我
月亮去哪儿了

立，之夏

夏

第一夜

风吹动繁花

星

眨眼

偿还冬

每一刻底思念

将你记起

如果

我们只有一天的时间

也许

不说分离

如果

把之前的每一天

当作一辈子过

我不会

陪你坐在黄海边

看白帆

不会

往乌镇的桨影上

荡漾

不会

去北海道居酒屋里

等候第一场雪

不会

躺在摩艾的脚下

数着以彼此名字命名的星辰

我

会守在红屋顶下

写一首长长的

望舒草

为了分离后的每一天

还会

将你记起

女郎，你好

白色草帽上
插着一束满天星
从我的眼前
飘过

晚风在街角亲吻了
匆匆的脚跟

我回身寻找
好像丢失了东西
碎落于背影

只听到
耳环
清脆的回音

往日时光

这天等得太孤单
云也散了
溪边的草也暗淡了
石头缝间
藏着柳色许给黄昏的梦
窸窸窣窣
喘不上气来

夜莺都厌倦了欢歌
落在紫藤萦绕的后窗
张望

沉默的情人
一遍遍抄写着
见字如面的情诗
还有他的名字

唉
已忘记了模糊的脸庞
却想起满山初雪

雪

看不清啊
看不清
雪花一片片
落在窗台上
松松的
厚厚的

雪的世界里
到处都是
一串串
小怪兽的脚印
五光十色的

装饰了谁的梦

你好，爱人

红屋顶下
不需要与时光无关的东西
比如闹钟

我会
在卧室的窗台上放半盆米
等着鸽子麻雀
飞落来吃

可是
从夏天等到了秋天
又从冬日等到了春天
每次望向窗外
都不见小鸟的踪影

咦

难道是
小米变质了

还是不远处的公园
浆果落满草地
足够啄食

看
这盆小米盛满了
风霜雪雨
就好像被时光遗弃的东西

直到有一天
你骑着单车从红屋顶下经过
我轻轻拉上窗帘
偷偷往缝隙外张望
目送
碎花连衣裙一路飘去

从夏天到春天
忽然在那个清晨
被一声呢喃
叫醒

远足（袁锦溪画。油画棒，纸本）

种子

无边底黑暗
包裹着孤独的生命
因为爱
你我才会相遇

也许
等了很久
直到有一天
我从你黑色的眼睛里看见
自己的影子

原来
是光证明了黑暗的永恒
并不可怕

原来
光是黑暗的种子

原来

你我注定相爱

于鲜花盛开之时

女儿，又说

紫色是花

蓝色是海

红色是火

白色是雪

黄色的月亮

碎了

追星

春风里

少年追着云

在花与草的村落间

穿行

看他

披上月华

背起竹篓

往萤火虫的溪谷

收集哭泣的星坠儿

每一颗星坠儿

都是分手情人的眼泪

无处可藏

就让风中的少年带去远方

随他埋入红尘

长出十里灼灼桃花

守候

后悔的人来

空，心

当我

从清晨醒来

穿过温存的海雾

在一片松林的尽头

看见

光着脚丫的你

踏浪轻歌

黄海底风

从你的发梢间吹过

转眼不见

都不见

空空的海滩上

遗落一颗空空的心

猫的漫步

是谁
偷偷听见
二月的忧伤

从我旧时的画稿里
叫醒
躲在草裙下做梦的猫
一转眼
跳进日色中

烂漫的日色啊
风儿荡漾镜湖

猫在湖边唱着写给草原的歌

那一缕缕琴音
如此熟悉
在暮暮与朝朝的红屋顶下
听过

也是你路过的

却再也记不起
落满灰尘的五弦琴
放在哪儿了

一颗白云的心
猫找不到了
悄悄
找到了
你也不知道

走，去远足

今天去远足
把写满情话底日记本
锁进抽屉里

向红屋顶下
暮春里最后一枝玉兰花
道一声小别

去野山坡上
松绑太息底目光

在草上
与南风打滚嬉闹

往天外
追牵云袖

到小溪间
一起濯足

唱你喜欢的歌

去哪儿
都好

风雨中
斜阳下
紧紧握着你的手
把今天当一生
来过

世界空了

做回孩子
当世界空了
唱起天真的歌
追着影子跑
把空空世间种满鲜花
等你来
爱我

初恋

红屋顶
你路过的
夏天
窗户紧闭
霞光吻醉了爬山虎
缠绵在风与月的旧梦里
通红一片

冬天
我推开窗户
望向远方
你路过的
红屋顶
落满了雪花

尺度与尘埃

走了好远的路

才让彼此发现

遇见

一起沐雨

追云

在似曾相识的星河下

相拥入梦

因爱而温存

短暂却长留于别离

哦

你我

只是两粒尘埃

雪花烙

雪花

从天上

缓缓落下

你看到了吗?

我看到了

越近光明

倍加孤独

雪花

飘过山

静谧无踪

你看到了吗?

我看到了

兰若还在

长亭依旧

雪花

飘向海

吹送飞鸟

你看到了吗?

我看到了

月太冷清

星更分明

雪花

伏在枝头

轻轻的

你看到了吗?

我看到了

青灯黄卷

斜影未央

雪花

坠入我怀

烫烫的

你看到了吗?

你没看到

忆到痛处

还是思念

心意

日月轮转
是天空赠予地平线的礼物

春华秋实
是蜜蜂对寂静村庄的承诺

风和雨
无缘无故相遇

彩虹
是天涯留给海角的纪念

你和我
相遇在风雨中
彼此点点头
我望你留驻温暖人间
你念我往江湖流浪

人生何处不相逢

再见
只是不再相见的初见

陪伴

小草冒出新泥
蚯蚓知道
雏燕飞跃草垛
屋檐知道
青鱼游去深海
水藻知道
爱
在慢慢长大
不属于你和我
月亮知道
温暖的
冰洁的
都是光芒
女儿知道

莫问花期

种子躺在温润的泥里

做着鹅黄青芽的梦

是花之初恋

红月亮下

紫藤萝与风偷偷缠绵

是花之热爱

秋天

邮递员从街角拾起一枚霜叶

是花之别离

之后很长一段时间

窗外枯枝萧瑟

空空了光影

是花之思念

太多思念

被埋葬在冰冻的原野中

作下一季的花肥

是花之悔恨

天真烂漫

终归于一瞬

花之一瞬

是暮暮朝朝的遥遥无期

锁

千条柳枝

轻浮

柔媚的春风

偷偷听

紧锁眉头底你

凝视着柳岸倒影

一声叹息

困住了

一颗荡漾的心

小怪兽，去哪儿了

雪花
吹落牢笼
在世界的中心
有一串脚印

咦
小怪兽去哪儿了
不在愁云密布的天上
不在睡眼惺忪的枯叶下
也不在没入黑夜的人间

去了哪儿
只留给黎明
一片晶莹的光芒

外篇

守候

公园的躺椅上
小怪兽辗转反侧
数不清多少星辰摇落
怎么比莫名的泪水还多
数着数着
万家灯火湮灭
山肩托起一轮圆月
照亮天真的眼睛

听
梧桐叶悄然坠地
留给冬日
最后一声温柔的耳语
睡吧轻轻睡
在每个人心里
都有一只小怪兽
你爱他
他就来陪你
你不爱他
他便消失了踪影

小怪兽的忧伤（袁锦溪画。油画棒，纸本）

观相

花有花相
月知晓
山外云相
山知道
平行世界
娑婆念
你我同相
千丝绕
恨分离
总堪忍
梦醒时分
多寂寥
夜有夜相
涌秋潮
日色空空
负明朝
执子手
伴君影
刹那甜蜜

种烦恼

人生悔事

在年少

哎呀呀

不见你啊

不见我

忽见如来

拈花笑

信使

薄雾中夜游神在寻找

今晚的托梦人

推开八万四千扇门

去十二处的逸栈

一位罗汉等着

转交负心人一封信

上面写着

有缘人

在梦的世界睡去

在花的世界醒来

杂篇

纸，歌

嘿

听他们说

我命比天高

呼吸着人世混沌的空气

却只愿与日，月，星辰为伴

宁可窒息于比冰峰更高一寸的寂寞

也要融进稀薄之上的干净

争也争一缕光明

他们又说

我命似纸薄

像一根半悬高崖的枯藤

誓不做雕梁画栋的楚材

听不惯歌舞升平的颂歌

经不住刀光斧影的雕琢

嘿

宁可万碎于日夜煎熬的原浆里

醉生梦死

也不为了谎言一朝披肝沥胆

被裁剪，撕裂，揉弃

就被他们揉弃

也要写尽人间的情爱与血泪

做一枚枚化骨销魂的纸钱

点燃青灯为魑魅魍魉的夜色画皮

终有一日

蜡炬成灰云鬓改

嘿

只做青烟与灰烟

永恒

光留不住影
越爱她
无处躲藏

影留不住光
越恨他
偷偷想念

谎言
比良知更美
听起来
风如刀割

与其
哀叹
驯服
习惯

不如

掏出炽热的心
称一称重量

要么飞升天堂
要么踏歌地狱

一次就够
放逐永恒的绝望
亲吻你的温柔

池塘

这是一个干涸的池塘

公蛤蟆等待着跟月亮约会

可是

月亮却与山雾在池塘边的土丘上 偷情

一大堆蚊子都看到了这种情形

却不同公蛤蟆说

母蛤蟆正担心今晚要陪公蛤蟆睡觉

池塘里前夜爬来了一条赤蛇

赤蛇说和母蛤蟆呆在一起很快乐

心里却暗暗咀嚼与蚊子们鬼混的滋味

不过还好

池塘里倒是井然有序

这样过了八千年

一日公田鼠到池塘散心

他闷闷不乐地寻思

为什么母田鼠会跟猎狗私奔

于是

想到伤心处

公田鼠失声大哭

哭声感动了池塘里所有的居民
公田鼠成了大众情人
公蛤蟆、山雾、赤蛇开始发觉
别恋是新生活的好开端
母蛤蟆、月亮、蚊子们终于醒悟
以前算是白活了
只有公田鼠才够味儿
于是
公田鼠每日都到池塘边哭泣
他的眼泪尽情地流淌
终于在感动的气氛中
池塘蓄满了眼泪
公蛤蟆、母蛤蟆、月亮、山雾、赤蛇、蚊子们
都给淹死了
于是
公田鼠也跳入了池塘
淹死了
呵
这是一个温暖的小池塘

怜子

一

慷慨吾翁诗纵酒

长风目送问皇羲

十年新月几相见

今夜寒衣织又迟

二

十几年前

京山路边

父亲伤心地坐着

为给儿子找份工作

其言亦哀

临死何求

人家没有答应

后记

原本想自己写一篇自序，说说二十多年来与写诗相关的故旧与故事，提起笔来发现每个字都是多余的。其实，“欲说还休，却道天凉好个秋”。个中滋味，都已经在千余首的诗里了。这本小册子选录了 105 首小诗，大部分诗作是我近年来在下班回家路上、小酌之时、梦醒之后所谓的“三余”中即兴得来的。有时候觉得上天假我金石句，便在我命中、心中、口中，我所要做的事情不过是把这些转瞬即逝的句子迅速地凝固在纸上。每每这样做了，都会在小小的感动后获得一份内心的安宁。然而生活是多么的现实与冷酷，写诗真是在做无用功，在“熙熙攘攘，皆为利来，皆为利往”的人间世里要混得像个人样，哪里有闲工夫“为赋新词强说愁”。普希金说得对，“诗人一定是个小笨蛋”。波德莱尔说得更暖心，“伟大的诗在本质上是愚蠢的，它相信，这就是形成其光荣和力量的东西。不要把理智的幽灵同想象的幽灵混淆；前者是均衡，后者是生命和回忆”。好吧，我甘心做一个小笨蛋，写点在他人看来愚蠢的句子，也做好了成为勒内·夏尔所说的“危险的魔术师”的准备，“只满足于寄人篱下，骨灰也没有人收留”。历史上这样伟大的诗人屈指可数，我愿意追随他们的脚步。

这里，就有关出版这本小册子做几点简要的说明。

其一是，动念与缘起。前些日子，我与中国社会科学院的晁天义先生小聚，晁先生建议我优先考虑将北师大博士论文《乾嘉时期的汉书研究》整理出版。确实，出版论著确实比较务实，说不定以后评职称用得着。然而，在学问精进与诗文游戏之间做个选择，后者更符合我的本性。说句许多人不爱听的话，时下做学问都已成了为稻粱谋的手段，问“钱”不问“道”的学问还是少做些得好，做出来那么多垃圾，浪费生命，误人误己。我虽然帮不了人，但我不能害人。由此一想，还是先出本诗集吧，至少还能博人一笑。

其二是，根源与本色。在我看来，写写诗，是要超脱功利的，从一定意义上讲，游戏是文学的本质，天真是诗人的本质。我就是一个不怎么做学问、却爱写写诗的天真的人。既然这样，就允许我天真一回吧。我的天真，主要有两个来源：首先是天真的父亲。先父袁伯诚先生是古典文学教授，也是一位真诚的诗人，主要写近体诗。我从小受先父的影响，喜欢读诗写诗，当然我更多的是写所谓1978年后语境下的新诗。先父的影响对我到底体现在哪里，又有多深呢？其实一读这本小册子中先父的代序《艺术的辉煌与艺术家的痛苦》，还有三联书店出版的先父《蛮触斋诗选》中的自序，便比较明了了，请亲友们有空找来读读，这里就不多说了。我的天真的另一个来源是天真的但丁。但丁的一句话就够了——我的全部心灵都在诉说爱情（Tutfi li miei pensier parlan d´Amore）。这样看来就能够理解为什么写的诗大部分是情诗了。如果要再深一些了解，得感谢雅克·马利坦在《艺术与诗中的创造性直觉》中通透的描述："普通诗人的创造性感情产生于一种脆弱的微光和心灵的较浅的层面；伟大的诗人深入创造性暗夜中并接触到它所支配的深水；天才的诗人则在这暗夜中扎根落脚，绝不离开这深水的岸边。"是天真的但丁指引我走近了属于我自己的"深水的岸边"，我看见水中自己的倒影——红屋顶下的小怪兽。我虽是无用散才，却也心怀安宁，在这暗夜中扎根落脚了。

其三是，致谢与感恩。当我出版这本小册子的时候，才发现我身边许多亲友们其实都是心存天真的人。感谢东方出版社的李斌仁兄，在当下中国人好像都不怎么读书了、书都卖不动了的情形下，兄鼎力促成了这一天真的选题，确实需要出版家的勇气与魄力的。感谢中国社会科学院的晁天义先生，晁先生寥寥数语如几滴甘露浇灌了我内心那颗天真的种子，这本小册子恰是种子发出的新芽。感谢责编韩封三祝老师，为这本小册子付出了辛勤的劳动，其优秀的学养与谦和令人感动。感谢我的博士生导师张涛先生、师母王萍先生。感谢数十年来诸多“相濡以沫，不如相忘于江湖”的亲友，就不一一颂名致谢，你们一直以来对我十分关照，让我心存感激。还有非常重要的感谢，是对我影响很大的两位主编前辈，《文史知识》原主编胡友鸣先生和《中国美术》原主编杨会来先生。两位先生共同的一个特点，也是天真，天真的编辑家、学者、名士。胡友鸣先生引我进入编辑领域，把中华书局《文史知识》杂志的编辑基因毫无保留地恩赐于我，一生受用无穷。杨会来先生为这本小册子做了封面与整体版式的设计，使得诗集获得了第二次生命，令人更加爱惜。在与两位先生的点滴交往请益中，我渐渐体悟到身为文史艺术出版工作者的信念所在，这必将成为我今后人生发展中一笔宝贵的精神财富。说了感谢，最后对家人说声感恩，感恩先父袁伯诚先生。感恩慈母晁天彩大人，作为儿子的我也会渐渐老去，但我惊喜地发现我越来越活得像母亲了，因为母亲拥有这世界上最慈悲的善心。感恩姐姐袁墨卿及其家人。感恩妻子蒿凤，还有我们可爱的女儿袁锦溪，你们都是上天赐予我最美好的礼物、我的至爱。

最后再说明一下，这本小册子如果还有点价值的话，还在于它是三代人的一次别有意味的会面与相聚，先父的代序，女儿的插画，我的小诗。我相信，心存天真的人都会喜欢的。因为，天真的我相信一切与爱有关的东西。

水运毂夫

岁在己亥立冬日记于人美社